목탄 소묘집

장석 시집

목탄 소묘집

차례

서곡 모든 서시 앞에 9

1부 | 열여덟 개의 전주곡

열여덟 개의 전주곡 1 파도 13
열여덟 개의 전주곡 2 비린내와 노린내 14
열여덟 개의 전주곡 3 밤 공연 15
열여덟 개의 전주곡 4 작은 섬 우도 16
열여덟 개의 전주곡 5 주운 노래 17
열여덟 개의 전주곡 6 빈 병에 넣은 노래 18
열여덟 개의 전주곡 7 봄 바다 19
열여덟 개의 전주곡 8 바다의 되풀이 20
열여덟 개의 전주곡 9 책갈피 안의 숲 22
열여덟 개의 전주곡 10 비밀 편지 23
열여덟 개의 전주곡 11 날씨 24
열여덟 개의 전주곡 12 양서류의 노래 25
열여덟 개의 전주곡 13 조간대의 시간 27
열여덟 개의 전주곡 14 봄날은 간다 28
열여덟 개의 전주곡 15 신발 한 짝 29
열여덟 개의 전주곡 16 다른 한 짝 30
열여덟 개의 전주곡 17 아주 낡은 배 31
열여덟 개의 전주곡 18 밤바다에서 32

2부 | 목탄 소묘집 · 1

목탄 소묘집 1-1 새벽, 슈투트가르트 35

목탄 소묘집 1-2 별이 달려가는 소리 36

목탄 소묘집 1-3 우리 근원의 하나, 도나우에싱겐 37

목탄 소묘집 1-4 둔주곡, 레겐스부르크 39

목탄 소묘집 1-5 물의 혼례, 파사우 41

목탄 소묘집 1-6 새벽 골목, 빈 43

목탄 소묘집 1-7 텅 빈 사원, 린츠 44

목탄 소묘집 1-8 시간의 채집 상자, 빈 46

목탄 소묘집 1-9 바하우 포도밭 48

목탄 소묘집 1-10 멜크 수도원의 고서 50

목탄 소묘집 1-11 빙하의 죽음, 다흐슈타인 52

목탄 소묘집 1-12 볼프강 호수에서 54

목탄 소묘집 1-13 처벌과 세탁, 체스키크롬로프 55

목탄 소묘집 1-14 잘츠부르크의 과자 가게 57

목탄 소묘집 1-15 카프카가 떠난 방, 키얼링 59

목탄 소묘집 1-16 무지개 다리, 빈 60

목탄 소묘집 1-17 다뉴브 강변, 오스트리아 62

목탄 소묘집 1-18 여행자의 꿈, 잘츠부르크 64

목탄 소묘집 1-19 루카치는 자리를 비웠네, 카페 란트만 67

목탄 소묘집 1-20 출필고 반필면 69

3부 | 목탄 소묘집 · 2

목탄 소묘집 2-1 빈사의 강변 75

목탄 소묘집 2-2 모든 것의 뒤 76

목탄 소묘집 2-3 꽃의 입 냄새, 베를린 77

목탄 소묘집 2-4 공동묘지 앞의 지하철역, 베를린 78

목탄 소묘집 2-5 'A' 트레인, 베를린 80

목탄 소묘집 2-6 내시경 82

목탄 소묘집 2-7 골목 안 풀꽃, 부다페스트 84

목탄 소묘집 2-8 부다페스트에서 길을 잃는 방법 85

목탄 소묘집 2-9 브라티슬라바의 다리 87

목탄 소묘집 2-10 홍수 후, 크렘스 89

목탄 소묘집 2-11 린츠의 골목길 91

목탄 소묘집 2-12 창과 아기의 눈, 뉘른베르크 92

목탄 소묘집 2-13 어린 포도알을 채우는 피, 뒤른스타인 94

목탄 소묘집 2-14 강과 길에 대하여 95

목탄 소묘집 2-15 닫으며 96

해설 | 정홍수

은총의 순간이 지나가면 시도 지나간다 97

시인의 말 121

서곡
—모든 서시 앞에

내 모든 시는 서시로 태어나길

기쁨의 전주곡이고
슬픔의 만가이길

도망쳐 달아나는 시간을 쫓다가
당신의 마지막 노래로 불리길

1부

열여덟 개의 전주곡

열여덟 개의 전주곡 1
—파도

나는 경주에서 진 파도가 좋다

검은 바위에 부딪혀 부서지는
하얀 물거품 지친 표정

경주라니
세상의 해변이 좋아 나는 늘 온다

열여덟 개의 전주곡 2
—비린내와 노린내

비린내 나는 자여
노린내 나는 자여

가슴에 소금을 뿌리고
햇빛을 몸 안에 잘 받아들여라

나무는 함께 새벽의 숲을 이루는구나

우리는 일용할 한 끼가 되어

굴비같이 벌린 서로의 입에
간이 밴 절절한 제 노래를 불러 넣어주자

열여덟 개의 전주곡 3
—밤 공연

노래는 안다
밖은 찻길이 아니라
어둠이 깔린 바다임을
곧 문을 밀고 나가면
밤바다 파도의 노래를 만날 수 있음을

바다는 안다
언덕 위 음악당에서 태어나
파도로 퍼지는 노래를
문을 밀고 들어갈 수는 없으나
모든 일은 끝남이 있으니 기다리면 된다고

모든 불을 끄고
달 하나만 밝혀
문밖으로 나서는 일들을 다 비추니

우리도 비로소 옆줄이 다 자란 물고기처럼
기쁨에 겨워 밤바다로 헤엄쳐 흩어지고

열여덟 개의 전주곡 4
—작은 섬 우도

그 섬의 작은 포구

선창에 코를 대고 있는 작은 배
어미 젖꼭지에 입을 부비는 어린것

섬이 키우는 노래

열여덟 개의 전주곡 5
—주운 노래

그 골목길에서 주웠네
시가 잠들어 있는 공책을
어느 주정뱅이 시인의 귀갓길이었을까
방범등 아래 쓰레기 봉지 옆
밤이슬에 젖는 아기

나는 어린 시를 입양했네
씻기고 옷을 입혀 세상에 내보였네

어릴 적 내 산수책을 뜯어 먹고 똑똑해진 염소처럼
줍고 베끼고 훔친 노래
더러는 낳다가 버리고 잃고 잊은 노래

나는 이런 시인이네
모두가 밤이슬 맞는 시인이지

열여덟 개의 전주곡 6
—빈 병에 넣은 노래

세상이 소음을 키우니
소리를 버리고 길을 다시 잡은 음악가처럼

내 노래는 묵비하는 빈 병이 되어
밤바다 시퍼런 숲 위를 헤엄쳐 가라

수평선에 이르는 긴 산도를 따라가면
모든 파도가 요령을 흔들어주니

소란을 다 버리고 파도 소리를 담다가
이윽고 병도 버리고 맨몸으로
바닷가 몽돌 틈으로 들어가거라

열여덟 개의 전주곡 7
—봄 바다

길을 알려주마

포구 앞 작은 섬을 지나서
바위 이마 위 진달래 지천인 섬의 뒤로 돌아가면
물건 곧추세운 주책바가지 나무들 서 있는 벼랑 아래 그곳

들끓는 봄
연둣빛 전성기

씨를 또 보려는 생각은 없소
송홧가루로 바다에 봄 그림 하나 그리려 할 뿐

높다란 벼랑 위
붓을 쥐고 팔을 벌린 나이 든 해송

열여덟 개의 전주곡 8
—바다의 되풀이

연안 선망 창룡호는 동호항을 매일 드나든다
타지로 떠나지 않고
평생을 고향 집에서 학교 가고 출근하는 사람
엄마가 지어준 밥으로 사는 운 좋은 이처럼

통영항에서 녹동으로 가며 고물을 보이거나
이물을 앞세워 공주섬을 지나 이쪽으로 오던 둔덕호
이제는 소식이 감감 끊겼네

세월을 겪고서야 아네
봄꽃 아래 앉아 바다에 퍼지는 봄노래를 다시 바라보면서
밤낮과 계절과
세우고 무너뜨리는 우리 삶의 모든 것이
길게 이어지는 되풀이임을

무심한 듯하지만
해변의 모래는 오는 파도를 하나도

빼놓지 않고 반기네

두메 섬 밤의 집을 밝히기 위해
송전선을 따라 그침 없이 가는 전기처럼

바다에서 시들어버리는 물결은 없으니
썰물처럼 빠지다가도 밀물처럼 희망하네

열여덟 개의 전주곡 9
—책갈피 안의 숲

숲의 나무에게로 가서 부탁을 하자

한창 푸른 나뭇잎 하나씩 얻어 가슴에 넣고
이번 여름을 살자

언젠가 서로 다시 꺼낼 때
가을은 붉어

나는 단풍 든 네 나뭇잎을 내 가슴에 묻고
조금 더 가리라
너는 딸려 나온 내 심장을 잠시 넣어주리라

가난하디가난한 책
좀이 쓸어 너덜너덜해진 내 책 안
나무에게 얻었던 한 잎

바스락 소리도 다물고
깊이깊이 숨어라

열여덟 개의 전주곡 10
—비밀 편지

어느 아침
숲 안으로 내 노래 하나 넣었네
가까운 섬과 그 아래 파도가
이 일을 찰싹찰싹 보았네

어느 저녁
길을 가는 내게 숲은 노래를 꺼내주었네
어리고 서툴렀던 내 연서의 답장
그림자들이 주욱 길어지며 이 일을 보았네

저물어가는 붉은 바다

작은 배의 빈 어창과
방파제 끝의 등대여

열여덟 개의 전주곡 11
—날씨

비가 내리기 시작하네
오늘 바다의 날씨는 누가 정했나

수면 위로 빗방울을 떨구다가
방심한 정어리를 자맥질해 잡으려는 바다제비일까

이 일은 단순하지 않아
빨래도 들여야 하고 우산도 챙기고
일도 공치고 기분도 잡치고
한편으로는 농부가 환호하며 논으로 달려가네

폭풍우에 흔들리는 배 뒤에서 비바람을 피하며
섬새는 튀어 오르는 물고기를 낚아채지

나라고 너를 사랑하겠는가
사랑하지 않겠는가
내 심장 안의 여러 개 날씨

열여덟 개의 전주곡 12
—양서류의 노래

해변에 막 닿은 파도처럼
나는 바다의 맨 가장자리에 한 발을 딛는다

음반에 오른 바늘처럼
나는 걷는다
듣기 위해
말하기 위해

세상의 땅끝을
우리를 둘러싼 바다의 가장자리를
두 세계의 둘레가 만나 이루는 길을
이 발 저 발 디디며
양서류처럼 걸어간다

길은 기스락에서 끝나고
노래가 다하면
바늘은 어디로 가야 하나

되돌아가야 하는 것일까
찢어지는 노래를 외치며

열여덟 개의 전주곡 13
—조간대의 시간

물 밖의 세상을 보려고
가능하다면 말을 건네려고
바다는
조금 올려 보냈다
들과 산의 말을 할 줄 아는 섬을

부두 아래 몇 계단을 올라온 들물에 발을 담그고
조약돌로 물수제비를 뜨면서
그때 나는 바다를 알고 싶었다

조간대에서는
겪어온 삶과 겪어보지 못한 삶이 만나고
아마도 겪지 못할 삶도 섞인다

열여덟 개의 전주곡 14
—봄날은 간다

시인이 동상이 되어
우체국이나 버스 정류장 옆을 골목대장처럼 지키고 있고

쟈들 성포 것들 아이가
견유수협 위판장 앞 빈 배에 앉은 괭이갈매기

새벽 바다에 피는 꽃

해물이 흐물흐물하구나
상에 올려진 지 오래되어 쇠한 봄

열여덟 개의 전주곡 15
—신발 한 짝

나는 하얀 새 배에
송사리를 태운 적이 있다

고무신도 승객도 시간도 나도
냇물에 쏜살같이 떠내려가버려

시월의 바다 앞에
해진 신발 한 짝처럼 나는 벗겨져 있다

헤어진 다른 한 짝 안에는
무엇이 타고 있을까

열여덟 개의 전주곡 16
—다른 한 짝

두 배 나란히
짝 맞는 고무신처럼
빛 퍼붓는 쪽으로 걸어가곤 했다

바닷바람에도 먼지 한 점 일지 않는 길

아무것도 이상하지 않고
모든 것이 놀랍기만 한 날

발 냄새마저 삽상한 가을
당신이 벗어놓은 신발을 저어

나는 불붙는 듯한 저 섬의 테두리를 돌아서
세상이 다 저문 후에야 돌아올 테니

열여덟 개의 전주곡 17
—아주 낡은 배

배는 그때 그 섬에 들르지 못한 일이 못내 아쉬워

부두의 외진 한켠에 밧줄에 묶여
폐선이 되어가고

파도는 부러 거기에까지 찾아가
섬 발치에 벌써 꽃이 뚝뚝 떨어졌다고

그러니 늙은 배는 이리저리 흔들리고

어디에 있나 아주 작은 섬

심장에 불을 켜고 밧줄을 풀면 그곳으로 가
꽃을 태우고
그 섬도 태울 수 있을 터인데

열여덟 개의 전주곡 18
—밤바다에서

카시오페이아 별자리
모서리마다 한 개 그리고 가운데 세 개의 별

바로 내 앞 밤바다 위에 떠 있어

쓰고 있는 모자를 잠시 걸어둘 수 있을 듯해

바다로부터 밤하늘
검게 이어진 빛나는 세계를 바라본다

별을 만지려는 어린 파도의 손

우리는 행복할 까닭이 있다

2부

목탄 소묘집 · 1

목탄 소묘집 1-1
—새벽, 슈투트가르트

낯선 도시 새벽 산책을 나섰네
골목 어귀의 아침을 기다리는 고양이의 검문을 받네
어딘지 알고 왔느냐

여기는 내가 아는 시인의 이름을 딴 광장
그의 시 한 줄이라도 너는 아느냐
나그네는 짐짓 허세를 부리네

주말이라 빈 거리에는 햇살도 천천히 출근하고
검은 수도복의 남자 들어가는 정교 교회 옆
지나쳐왔던 사진관 진열장 안의 사진
잠깐 전 지나쳤던 젊은 여인이 나이 든 노인의 얼굴로 나를 보네

나는 서둘러 가네
한바탕 꿈처럼 사라졌을지 모르는 내 숙소로

목탄 소묘집 1-2
—별이 달려가는 소리

새벽으로부터 아침을 향해 오는 노란색 전차

앞 칸에는 한 여인
뒤 칸에는 노인이 타고 있었고

멀어져가며
귀가 흔들리도록 크게 부르던 노래는
별들보다 더 멀리 잠에 빠진 이들은 아무도 몰라

오로지 나만 들었지

목탄 소묘집 1-3
—우리 근원의 하나, 도나우에싱겐

나그네는 먹지 않던 낯선 밥을 먹는 자네
국물에 빵을 적시며 나는 보네

햇빛이 넘치도록 쏟아지는 동화 같은 마을
속주머니의 지갑을 꺼내는 손과
쓰레기통을 뒤지는 손을
모두 늘 낯선 삶의 순례자

강의 수원을 보러 가네
우리 얼굴의 근원 가운데 한 곳을 찾아서

사막과 바다를 건너
살갗을 태우며 자전거를 타고
더러는 걸으며 길에 새겨진 옛 지혜를 발로 배우며
여행자들이 광장을 가로지르네

상상의 배를 타고 나는 상류로 거슬러 왔네
빵을 적셔 먹는 이 낯선 국물이

이제 내 피가 발원하는 샘인가 생각하며

목탄 소묘집 1-4
—둔주곡, 레겐스부르크

이 도시에도 쫓기는 자가 있네
밤새도록 둔주하였으나
이 새벽 속옷 바람으로 거의 잡히게 되네

골목 상점 진열장 구석에는 기도하는 두 손이 잘린 채 놓여 있네
온갖 잡동사니와 함께

나그네는 어찌 된 영문인지 모르네
다리로 가서 내려다보며 묻네
수심 깊은 강에게

강변을 따라 사람들이 달리고 있고
세월이 잔잔하게 내린 집들
늙은 나무를 거느리고 한세상을 이루고 있네
자연이 만들고 시간이 부수는 일에 비하면 아무것도 아니지
밤낮으로 모든 것을 붙잡아 없애는 이여

강은 아무 말이 없네

내 아침 식탁의 빈 의자에
작은 새는 잠시 앉았다가 떠나버리고

목탄 소묘집 1-5
—물의 혼례, 파사우

맥주를 마시기 전
물빛이 사뭇 다른 두 개의 강이
서로를 섞고 있는 것을 보았다
산자락 너머 흘러오는 또 하나의 강
인간의 시간을 넘어 무심히 이어지는 동거

문경새재 넘기 전 낙동강과 내성천과 금천
삼강 나루에 모이는 세 줄기의 물 빛깔을 기억해 보았다

아이들이 드물어지는 세월
시골 작은 학교 여럿이 문을 닫고 하나로 합쳐지면
새로 붙일 이름을 둘러싼 소란이 종종 있음을 보았다
나는 불화에 마음이 더 이끌리니
이곳 강 이름에 대한 논쟁의 소문을 듣는다

어쨌거나 파사우의 맥주는 이 혼례의 축복

잔을 들어 삼강 주막 나그네의 사발과 부딪는다

내 눈물도 두 발원지와 줄기가 있구나
몸빛도 수온도 유속도 별다를 바 없이
어딘가에서 만나 네게 닿는
그냥 슬픔과 기쁨의 강

목탄 소묘집 1-6
—새벽 골목, 빈

주홍색 청소부처럼 골목을 들어서는 해

협곡의 돌다리 아래를 지나온 강

모르는 글자로 서 있는 역에서 내려
아직은 모르는 도시의 혈관 안으로 들어가네
어느 문을 열어야 너를 만나나

나도 흐르기 시작했을 때
객차의 바닥은 까마득히 높아
내 삶의 조그만 짐을 들고 힘들게 올랐네

하룻밤 좁은 숙소로 강이 흘러오면
나는 이곳의 글과 말을 배우고

커다란 옷을 입고 노을로 퇴근하는 청소부처럼
또 다른 아침으로 걸어가겠네

목탄 소묘집 1-7
—텅 빈 사원, 린츠

종소리가 울린다
귀 기울이는 새벽 기도는 없고
아침밥 먹고 출근할 시간만 듣네

크고 오래된 교회에
아니 교회였던 곳에
아니지 아직은 교회인 곳에 갔지

세월이 한가득하네
채색 유리창과 기둥과 벽면마다 숱한 믿음의 의인들
그러나 주교좌와 신도석은 비어 있고
나 같은 나그네만 서성이네

이백 년도 채 안 된 새 교회는
새 시대에 어울리는 분위기로 단장을 마쳤건만
밖의 광장에는 고기 굽는 연기 자욱하고
나그네만 서성이네

곰곰이 생각하다 깨닫네
없음으로 있음을 분명히 드러내는가
부처의 법이 서쪽으로 간 까닭인가
그렇다면 애쓰셨소 달마여

아침거리로 산 빵과 커피를 들고 가다
같이 좀 나누자는 노파의 청을 듣지 않았네

목탄 소묘집 1-8
—시간의 채집 상자, 빈

문을 열고 들어가면 옛일이 보이는 곳 얘기를 한다

이 도시에 살던
한 음악가의 집과 어떤 화가의 그림이 있는 집

귀먹은 베토벤은 정말 깜깜했으리라
에곤 실레가 그린
어린 두 아이를 안은 눈먼 엄마처럼
정신줄을 놓지 않고 노래를 껴안았으리라
죽은 엄마가 되지 않으려고
엄마를 잃은 아이가 되지 않으려고

시간은 무슨 핑계를 대서라도 모두 빼앗아 가고
어떤 이유로든 우리는 다 잃는다

시간이 그러하듯 강은 흐르고
배를 타고 하류로 향하는 우리
이미 지나간 물살만을 뒤쫓는다

강은 이미 지나간 그이의 노래를 늘 부르고
강변은 그이의 그림을 우리 앞에 펼치곤 한다

오늘 우리 세계의 일부로 삼아

목탄 소묘집 1-9
—바하우 포도밭

허리가 휘어지고

낮게 주저앉아 흐르는 강

다리 위에서 나는 말하네

쉼 없이 세상을 다 날랐으니

바다로 돌아가 잘 쉬시오

마침도 없고 완성도 없다오

삼각주에서 나는 몸도 넋도 풀어져

기억도 집착도 없이 흩어질 따름

달빛이 내 위에 비치듯
나그네 또한 강변에서 내 물그림자로 왔으니

일렁이며 출렁이며 잘 가시오

강 밖으로 흐르기 시작하는 강을 보며

나도 세상의 여러 줄기 강 밖의 강으로 건네

목탄 소묘집 1-10
—멜크 수도원의 고서

산은 허리까지 호수에 잠겨 있고
호수는 어쩌다 이렇게 높이 올라와 산에 안겼나
서로를 비추며 거울처럼 반짝인다

두고 떠나온 세상에서
당신은 늘 같은 장소에 있나

운명을 적은 두꺼운 책의 한 갈피 안에서
씌어진 글을 어둡게 겨우 읽어나가다가 사라지는 우리

다음 쪽 혹은 이전 쪽으로 넘어가보려고 편력하는 나그네
제 단어와 문장을 무너뜨리며 나와 떠도는 한 글자

산에서 내려와
호수에 어룽거리는 산그림자로 들어간다면
이방의 낯선 마을에서 자칫 길 잃어

누군가 앞서갔다가 채 닫지 않은 오솔길로 들어선다면

어느 해 봄이 곱게 들어 있는 책갈피
바싹 마른 그 모습 그대로의 당신
그 옆에서 나는 마침표가 된다면

목탄 소묘집 1-11
—빙하의 죽음, 다호슈타인

빙하의 유서를 보았다
긴 삭도에 매달려 올라간 높은 봉우리

잘 빨아 널은 베개 홑청이
마당에 떨어져 진창 속에 펄럭인다

빙하기로부터 지질의 시간을 지나온
길고 위대한 서사를 적은 책이
갈기갈기 찢어져 산의 정상에서 흩날리네

읽지를 못하겠네
더러운 흰 새처럼 웅크리고 있는 글자들

다가가 귀를 기울여보네
녹고 있는 빙하의 유언을
뭐라고 하나 들리지 않아
얼음의 입김이 귀에 닿아도 시리지 않네

유년의 겨울은 어디에서 녹고 있나
빛나던 추위는 이제 사라지고

우리 세상의 지붕은 재로 다시 덮이리라
재투성이 진창에 삶은 묻히리라
그것을 봄이라 부르리라

목탄 소묘집 1-12
—볼프강 호수에서

누워서 일생을 보내는 강

팔다리와 옆구리에 사람은 알을 슬어 마을을 짓고
가슴 위로 배가 다니고 다리가 가로질러도
무심히 묵언 유행

번다한 삶과 죽음에게 몸은 내어주나
마음은 단지 수초와 물새에게

나그네는 닳은 붓을 꺼내 강물에 넣어 빤다

누군가 본다면 강의 살갗 위에
닿지도 않을 편지를 적는다 하리라

목탄 소묘집 1-13
—처벌과 세탁, 체스키크롬로프

보헤미아의 아름다운 도시를 흐르는 강
다리 위에서 그 일은 여전히 계속되고 있더군요

십자가에 우울하게 매달린 사내와
그 앞을 지나는
처형에 가담한 시민과
무고하다고 생각하는 시민
세례를 받은 행인과 영문을 모르는 여행자
부활을 믿는 사람과 믿지 않는 사람
부활하기 위해 죽으려는 이와
또 죽기 위해 부활하려는 이

그리고 지나온 여러 도시
교회에서 미술관의 그림에서
신심 깊은 자의 목걸이에서
세우고 끌고 다니고 매달아 건 숱한 십자가를 본 나그네는
이천 년이 거의 다 되도록

이 일이 계속되고 있구나 생각해요

다리 아래로는 격류가 검은 소리 지르며 지나가고

오늘도 처형이 있는 다리 옆
빨래가 널려 있는 실레의 옛집
죽음의 도시라고도 불렸던 아름다운 이곳
형장과 빨래터가 아주 지척이에요

누가 나도 빨아 널어준다면
줄에 매달려 하얗게 이 생을 마치는 것도 좋다고 생각해요

목탄 소묘집 1-14
—잘츠부르크의 과자 가게

예쁜 과자 가게 안을 들여다본다

길에 떨어진 은박의 껌 껍질은
내가 어려 줍곤 했던
은하수의 말라버린 강바닥

말라버린 가슴에 달린 호주머니 안
내 사랑을 쌌던 종이
붉은 심장을 쌌던 포장지

사탕은 주지 못했지만
버려진 은박지에 아이 모습을 새기고
심장과 사랑을 싸서 주려고 했던 사람
입으로 연기를 늘 뿜던 가난한 아버지

밤하늘에는 강이 다시 흐르고
법랑을 올린 보름달은 지상의 강을 비추고

그 강을 따라 밀항하면 어딘들 닿지 못하랴

목탄 소묘집 1-15
—카프카가 떠난 방, 키얼링

우리 별은

모두가 머물다 죽는 아주 작은 방

목탄 소묘집 1-16
—무지개 다리, 빈

오늘은 목탄을 버리고 크레파스로 그린다
비 온 뒤의 무지개를

버림받아 숨어 있던 도시의 고아
형제와 친구를 만난 외돌토리들
거리를 메운 그들의 무지개색 행진을

혼자 혹은 둘 기껏해야 한 줌의 패거리
열두 명도 안 되는 예수의 무리
다섯 명도 채 모으지 못한 젊은 부처
길을 잘못 든 집시 가족

세상의 이러한 소수
늘 난파하며 떠도는 우리가
여러 작은 물줄기 따라 쪽배를 타고 모여
양안을 두 발로 딛고 선 무지개를 지나 쏟아져 간다

세상을 깰 듯한 노래와 뒤흔드는 춤

햇살의 대행진이 시작되는 황금의 다뉴브

스스로 물살을 이루며 가는 자는
운명 따위를 뒤쫓는 추종자가 아니고
오래 어두웠다가 새로 빛나는 일을 이해하니

지금은 나도 웃으며 노래하며 흐르는 물살

목탄 소묘집 1-17
—다뉴브 강변, 오스트리아

그때 당신이 울었기 때문에

겨울은 떠나고 봄이 왔지

세상은 슬픔의 힘으로 올라가는 승강기

싹이 터오르고 아이는 자란다

당신이 울었기 때문에

나는 떠나고 가을이 왔지

세상은 슬픔에 등 밀려가는 먼 길

씨앗은 퍼지고 들판에 새 날아간다

당신이 울었기 때문에 붉은 저녁놀

노래 부르며 천천히 강을 몰고 가는 양 떼

목탄 소묘집 1-18
—여행자의 꿈, 잘츠부르크

길이 길어지니 꿈길이 되네
출렁출렁 물길이 되네

어느 섬을 돌아 배는 선착장에 닿아
생선 시장 문을 나서 길 건너 식당으로 가네

안쪽 식탁에는 내 벗
수염 허연 노인과 술잔을 나누고 있네

유난히 볕이 뜨겁고 더운 날
방문한 도시의 광장 가운데 커다란 체스판에서
자신의 묘비를 말로 쓰며 사람들이 내기를 하고 있네

묘비도 없는 나
아버지와 그의 것을 내 말로 삼아 끼어들었네
두 묘비명은 내가 썼다네

커다란 황금 공 위에 오른 한 사내는
이 부요한 도시를 내려다보고
소금 광산의 광부와 농노와 시민과 나그네가
체스판에서 한 수 한 수 한 칸 한 칸 움직이고
이김도 짐도 모두 땡볕 아래 불타네
그늘도 그림자도 없이

나는 꿈으로 몸을 피해
폭포와 함께 쏟아져 내리고
비탈을 구르듯 달려
어디론가 떠나는 배를 탔다네
죽음이 기다린다 해도 기꺼이
늘 내가 가장 가고 싶은 곳

거제도 장승포 수협 공판장 앞 중국집 천화원
두 사람과 함께하는 식탁에 나는 앉네
이쪽저쪽 꿈에서 멀리 온 우리는
출렁출렁 잔을 부딪네

이것이 나의 여행이고 나의 꿈이네

목탄 소묘집 1-19
—루카치는 자리를 비웠네, 카페 란트만

정오입니다

카페하우스에 앉아 있는 생각에
그림자가 없습니다

찻잔 속 커피 위에 구름이 떠 있습니다

교회의 첨탑 위를 지나왔구나
하얀 배에 난 분홍빛 상처를 보고 묻습니다

너희 나라 높은 산에 솟은
송전탑 위를 가다 이리되었다
그늘도 없는 짧은 대답을 듣습니다

강의 만곡부 습지에서 흰 물새 푸드득

창밖에 장미꽃 핀 도시의 정오

머리를 꽃 속에 넣어봅니다

목탄 소묘집 1-20
—출필고 반필면

답변해야 하리라
내 숲 가장자리의 나무
창문과 가장 가까운 가지
그 가지의 맨 끝에 달린 이파리
그동안 더 짙어진 숲
이제 막 태어난 잎의 당돌한 질문에

마루에는 개미 떼의 행렬
자유를 누리다 놀란 맨 앞 녀석의 질문에

묵묵히 앉아 있던 의자
꽃병을 얹은 채 서 있던 식탁
오랜만에 불을 켠 천장의 전등에게

강을 따라다니다가 왔다지요
땅은 강에게 왜 길을 내어주는가요
다른 원소인 흙과 몸을 비비며 강은 어떻게 먼 길을 가는가요

못 보던 거미집에서 길게 줄을 타고 내려온 거미
여기저기 꽤 몸집을 불린 먼지도 귀를 기울인다

나도 나와 다른 것들과 몸을 비비며 갔다
만물은 만물에게 이물질이고
우리는 서로 비비는 마찰력으로 세계를 움직인다
이 집의 문을 밀고 나섰다가
당겨서 다시 열고 들어왔단다
다만 아주 짧은 시간의 길을

나는 짐을 부리고
창문을 열어 바깥세상을 안으로 들인다

내가 불어갔듯이
너는 불어와다오
수위가 같아지도록
하나의 기압이 될 때까지

우리는 다시 천천히 섞일 터이고

이 집인가
풍뎅이가 창으로 왔다가 날 보고 가버린다
개미와 거미와 먼지도 이제 출가하거라

3부

목탄 소묘집·2

목탄 소묘집 2-1
—빈사의 강변

움직이지도 못하는 정적 안으로
여러 사람 낚싯줄을 드리우고 있다

가난하기 짝이 없게 된 네게 나를 넣고
기색을 살피듯
찌를 바라보고 있다

보석도 언젠가는 빛을 잃고 지쳐
강의 기슭으로 밀려오고

쓰레기도 정말 놀라운 일이 다시 되리라

목탄 소묘집 2-2
—모든 것의 뒤

새벽의 뱃머리

물결을 헤치고 간 누군가의 자취

이 순간 이 자리는

늘 어떤 일의 뒤

목탄 소묘집 2-3
—꽃의 입 냄새, 베를린

이 도시도 내 고향과 같은 시간의 그물에 있나

세리의 일터였다는 거리의 천장은 녹색

어쩌다 서둘러 무너져 내려 밟히는 조각을 주워서
손금과 지문에 적힌 운명을 읽네

이 별의 앞길 점쳐보네

어떤 꽃의 입 냄새가 가득한 곳에서

목탄 소묘집 2-4
—공동묘지 앞의 지하철역, 베를린

시간의 빛과 어둠
삶과 죽음을 그리는 화가의 작업실 길 건너
유월의 저녁

마을 교구 공동묘지로 들어가는 노인
너무 서둘러 가는 거 아닙니까
누워 묻히기에는 좀 이른데요
마지못해 따라 들어가는 그림자

입구에서 이들을 맞는 예수 혹은 도마 성인의 청동 입상

오늘 저녁은 이곳에서 어느 모임의 잔치가 있군요
내 친구 화가가 말해준다

망자의 집은 산 자를 위한 곳이기도 하니

나는 지하철역의 지하로 내려간다

이제까지의 어떤 망자보다도 더 아래로 아래로

산 자와의 약속 장소인 지상으로 빨리 이동하기 위하여

목탄 소묘집 2-5
—'A' 트레인, 베를린

도시의 뒷골목에 깔린 밤

술과 담배 냄새에 찌든 방

그 안에 모여 있는 사람들

갇힌 자와 가둔 자가 함께 모여 재즈를 듣네

지린내와 쥐똥나무꽃 향기가 섞인 곳

갇힌 자는 한 줌의 자유를 얻고
가둔 자는 조롱과 야유를 너그러이 허락하네
끝나면 바로 해체될 어둠 속의 동맹자들

노래는 수액처럼 몸 안으로 들어오고
피아노 연주자는 일어나 건반을 두드리네

우리는 삶에 매달려 있는 작은 인형들

드럼 소리가 일으키는 바람에 흔들리며 돌아가네
이 밤 펄럭이는 해방구의 깃발

노래가 새어나가는 거리
한 남자 쓰러져 있네
뿌리를 들썩이며 발장단을 맞추다 이윽고 누운 가로수처럼

목탄 소묘집 2-6
—내시경

북해로 가지 못하고
내륙의 지천에 얹힌 배

물새가 빈 배 주위를 항해하는 새벽
어떤 이는 강변 산책로를 달려가고
떠돌이는 쓰레기통을 아침 밥상처럼 연다

백조와 시민과 부랑자의 삶 앞뒤를 밤낮으로 보며
배는 멈춘 채 세월을 표류한다

어떤 착각으로
침로를 도시의 내장 안으로 잡았던 것인가

모른다
아무것도 더 이상 태우고 싶지 않아서
부러 하수의 종말 쪽으로 숨어들었는지

어디엔가 둔 배표를 찾아내어

뱃전의 현문을 열고 나는 승선할 수 있는지

강에서 죽은 자만이 탈 수 있소
열리지 않는 문은 말할까

목탄 소묘집 2-7
—골목 안 풀꽃, 부다페스트

아주 오래전
초원을 걷다가 멈춰
들꽃을 한참 바라본 할머니가 계셨기에

나는 시를 쓰네

목탄 소묘집 2-8
—부다페스트에서 길을 잃는 방법

강의 물살을 살피시오
이쪽은 부다 저쪽은 페스트
차안은 정토
피안은 역병의 땅
물론 아니지만
다리를 이쪽저쪽 건너보시길

높은 곳에 올라가시오
기와지붕의 붉은 바다
굴뚝은 파시에 몰린 고깃배처럼 가득 떠 있으나
당분간은 어떤 배도 흑해로 가지 않을지 몰라

거리를 이루고 있는 집들
뭘 보았는지 벽돌로 막혀버린 창문의 흔적

절대로 길 잃지 않으려는 이
한 번도 떠내려가지도 흘러가지도 못한 그대

어떤 골목 벽의 없어진 눈을 얼굴에 달고
다리에서 뛰어내리시길

기쁨 혹은 슬픔의 삼각주에 닿을지 몰라

목탄 소묘집 2-9
—브라티슬라바의 다리

길고 긴 다리가 있고
길지 않은 강이 있으나
강보다 더 긴 다리는 없다

한 시대를 다른 시대와 잇고
떨어져 있는 두 곳을 연결하여
영광과 위엄을 떠받드는 강철 다리

큰 다리를 건너는 사람은 얼마나 왜소한가
끊어진 철교의 뼈대를 타고 개미 떼처럼 도강하는
피난민의 전쟁 사진

더러는 길고 더러는 덧없이 짧지만
강물처럼 흘러가는 모든 삶

그러나 적어도 다리보다는 길지니

어떤 다리가 삶을 이기며

어느 인생이 강을 이기겠는가

목탄 소묘집 2-10
—홍수 후, 크렘스

눈 보이지 않는 아이
꽃을 보네
기쁨과 부끄러움에 꽃잎은 흔들리네

막 핀 꽃은
하품도 하고 방구도 뀌지만
늘 향기로워라
지는 꽃도 그러한가

연약하여라 우리 세계여
시선으로 연결된 거미줄 같은 집
더러는 보이지도 않는 길

눈먼 이처럼 나는 강을 따라가네
나무를 떠난 가지도 떠내려가네

강은 흐르고
멈추어 있고 싶은 삶은 늘 마찰해

지난 홍수를 겪고 수재민처럼 서 있는 강변의 숲

나를 오래도 바라보네
느리게 지나가는 이 풍경을

목탄 소묘집 2-11
—린츠의 골목길

모든 문은 내 심장을 향해 열려라

문을 밀고 들어오시라

네가 열 때마다 내가 있어라

목탄 소묘집 2-12
—창과 아기의 눈, 뉘른베르크

어떤 집 지붕
이 거리를 내려다보는 창만 해도 서른 개

그 눈길 아래
이 도시가 어떻게든 지금에 이르렀구나

밤에도 뜬눈
낮에는 등불을 비추며 의로운 이를 찾았다니

이른 아침
출근하는 엄마의 가슴에 매달리거나 유모차 안에서
아기들이 거리를 바라보며 지나간다

태어날 때 이 도시를 흐르는 강물을 한 방울씩 넣은 듯한 눈
아주 오래전 맨 처음 사람 안에 들어간 샘물도 전해져

저 아기의 눈이 바라만 보아도
거리는 정화되리라

저들이 없어져간다면
이 눈길이 사라진다면
우리 세상은 흐리고 사나워질 터이니

목탄 소묘집 2-13

—어린 포도알을 채우는 피, 뒤른스타인

강물 위의 길을 가는 배
상갑판을 거닐며
사자의 심장을 단 사람이 머물렀다는 성을 바라보네

강변에 펼쳐진 포도밭의 일꾼
부지런히 배를 부리는 선원

거친 얼굴에 땀을 닦으면 수건이 찢어져버리는 사람
너무 연약해 낯을 씻으면 지워져버리는 사람

양안에 나뉘어 있는두 삶도
언젠가는 한 강물에 흘러 들어가 같이 바다로 가네

왕은 이곳을 떠나 무엇을 이루었는지 잘은 모르나
강은 굽신거리며 흐르지 않았으리라

목탄 소묘집 2-14
—강과 길에 대하여

강이 그러하듯
삶의 상류에서는 끊임없이 아이들이 태어나 하류로 가고
지천도 다가와 슬며시 운명을 섞네

나는 어떤 것의 아우이고 어떤 것의 언니

시간과 공간을 잇는 거대한 띠를 이루며
흐름의 한 구간을 지나는 물결

이루었다 터지는 물거품
잠깐 어룽이는 반짝임

덧없든 헛되든 나는 흐른다
내가 강이네

목탄 소묘집 2-15
—닫으며

귀향한 자

잠에서 깨어

가슴에 돋은 뾰루지처럼

버얼건 눈으로 멍멍하게

제 굴 주위 세상을 둘러보네

은총의 순간이 지나가면 시도 지나간다

정홍수(문학평론가)

1

어쩌면 모든 시는 '전주곡'이나 '소묘'인 채로 태어나는 것일 수도 있겠다. 적어도 시를 쓰는 마음의 첫 자리는 웅장한 교향곡이나 거대한 풍경화의 완성된 세계를 모르기 쉬울 듯하다. 시인은 마주하고 있는 세상에서 그를 울리는 하나의 동기 음(音), 폐부를 찔러오는 희미하고 가냘픈 한 줄의 선을 얻기 위해 골몰하며 거기서 세상과 그 자신을 되비추는 소리와 이미지의 작디작은 어울림의 움직임, 모순과 파열의 이야기가 일어나기를 갈망하는 것이리라. 또한 시 한 편의 완결은 시인이 꿈꾸는 시의 전체적 영토 안에서라면 언제나 잠정적이고 예비적인 자리로 물러나며 지속적으로 열려 있어야 하는지도 모른다. 모든 시는 본편을 유예하며 기다리는 서시일 수밖에 없다. 장석은 시집을 여는 「서곡—모든 서시 앞에」에서 시의 이러한 운명을 노래한다.

> 내 모든 시는 서시로 태어나길
>
> 기쁨의 전주곡이고
> 슬픔의 만가이길
>
> 도망쳐 달아나는 시간을 쫓다가
> 당신의 마지막 노래로 불리길
>
> —전문

그런데 시인이 확인하는 '서시'의 운명은 이어지는 두 연에서 '기쁨의 전주곡'과 '슬픔의 만가'를 거쳐 '마지막 노래'의 자리를 소망한다. '마지막 노래'는 '전주곡'과 '만가'가 기쁨과 슬픔의 변경과 언저리를 자처하는 것만큼, 후위의 묵묵한 노동과 고적(孤寂)을 느끼게 한다. 그러나 여기에 과묵한 대로 '마지막'이 갖는 영예의 후광이 없는 것은 아니다. 그것이 서시의 숨겨진 욕망이라 하더라도 존중받아 마땅하다. 관대함은 시가 세계와 맺고 있는 관계, '시간을 쫓다가' 끝날 수밖에 없는 유한성의 수긍으로부터, 결핍과 부재를 감내하는 시의 본원적 아이러니로부터 생겨나는 것일 테다.

물론 '전주곡'이나 '소묘'를 제목으로 특정한 연작의 시적 좌표를 그 자체로 살펴보는 일도 필요하다. '열여덟 개의 전주곡' 연작은 장석 시의 원천이기도 한 '바다'의 한순간 한순간을 그리고 있고, '목탄 소묘집' 연작은 중부 유럽의 다뉴브강을 따라간 여로의 순간들을 담고 있다. '전주곡-소묘'가 말 그대로 인상의 스케치라면, 시인이 연작에서 시도하고 있는 것은 순수한 현재에 머무르려는 시의 저항이라고도 할 수 있을 듯하다. 바다로부터, 강의 풍경으로부터 은총처럼 시가 다가오는 순간은 없을까. 그때 시인의 손은 무심코 목탄을 쥔 손을 움직이며 그 은총의 선을 그려갈 수도 있을 것이다. 아마도 은총의 순간이 지나가면 시도 지나갈 것이다. 가령, 다음과 같은 순간.

바다로부터 밤하늘
검게 이어진 빛나는 세계를 바라본다

별을 만지려는 어린 파도의 손

우리는 행복할 까닭이 있다

—「열여덟 개의 전주곡 18—밤바다에서」 부분

강의 만곡부 습지에서 흰 물새 푸드득

창밖에 장미꽃 핀 도시의 정오

머리를 꽃 속에 넣어봅니다

—「목탄 소묘집 1-19—루카치는 자리를 비웠네,
카페 란트만」, 부분

그러므로 '전주곡-소묘'는 바다의 풍경, 강을 따라가는 여로의 시에서 어느 만큼은 필연의 형식이라고 할 수 있다. 동시에 '전주곡-소묘'는 또 다른 시의 형식과 시의 시선을 요청한다. '어린 파도의 손'은 일어나면서 잦아들고, 강은 흘러 이미 우리가 존재하지 않는 미래로 사라져버리기 때문이다. 순간을 더 길고 아득한 시간의 지평 속에서 느끼고 바라보는 것은 '전주곡-소묘'의 시의 또 다른 운명이다. 은총이라는

표현을 썼지만, 그것은 어쩌면 세계와 사물이 좀 더 직접적으로 말하는 순간을 가리키는 것인지도 모른다. 끊임없이 주장하며 솟구쳐 올라오는 '나'라는 주어의 기세를 누르고 바다의 포말, 강변의 날갯짓, 정오의 장미꽃 옆에 침묵하는 세상의 미미한 한 자락으로 있을 때만 열리는 빛. 세상의 거대한 무관심에 고개 숙일 때만 가능한 순간. 모든 시가 전주곡과 소묘의 자리로 물러설 때 조용히 다가오는 세상의 음악과 선(線). 경계나 개념, 도덕과 윤리의 길들임을 모르는 채로 일어나고 소멸하는 것들. 무의 언저리에서 꾸는 꿈이 거기 있을 것이다. 그러나 복수(複數)의 '나'를 수용하는 경험과 인식의 두터운 켜들, 엄정한 기하학적 정신의 마중물이 없다면 직관의 은총은 아무런 흔적도 남기지 않고 지나가고 말 것이다. 그러므로 전주곡-소묘가 예비와 미완의 자리이면서 개별적이고 독립적인 시의 영토를 지향하는 것은 전혀 모순이 아니다. 오히려 전광석화처럼 스쳐 지나가는 것과 끈덕지게 반복되고 쌓이는 것을 함께 견디며 노래하고자 하는 '전주곡-소묘'는 시가 처음부터 지향해야 할 운명이자 형식처럼 보인다.

물 밖의 세상을 보려고

가능하다면 말을 건네려고
바다는
조금 올려 보냈다
들과 산의 말을 할 줄 아는 섬을

부두 아래 몇 계단을 올라온 들물에 발을 담그고
조약돌로 물수제비를 뜨면서
그때 나는 바다를 알고 싶었다

조간대에서는
겪어온 삶과 겪어보지 못한 삶이 만나고
아마도 겪지 못할 삶도 섞인다

—「열여덟 개의 전주곡 13—조간대의 시간」, 전문

만조의 해안선과 간조의 해안선 사이를 일컫는 '조간대(潮間帶)'의 시간을 응시하는 시인의 시선은 우리의 맨눈으로는 좀체 포착되지 않는 세상의 비의에 가닿으면서, '전주곡-소묘'의 자리를 포함하는 시의 운명을 투명하게 노래한다. 기실 '조간대'가 삶의 가장자리에서 들려주는 또 다른 이야기는 시인의 탄생부터 함께해온 바다의 긴 시간이 없었다면 가청권에 들어올 수 없었으리라. "산파가 나를 받아주었던 집/파도 소리와 바다 바람의 그 집"(「영도 남항」, 『우리 별의 봄』)에서 시작된 그 이야기는 어린 시절 '순천 외가'의 바다를 거쳐("그 가지색 바다를/나는 덥석 한입 깨물어버렸고"—「순천 외가 3」, 『사랑은 이제 막 태어난 것이니』), 뭇 생명들과 나누는 생업의 바다가 되고(「통영 바다의 새해 경제계획」, 『사랑은 이제 막 태어난 것이니』), 사랑의 바다가 된다(「사랑, 바다에서」, 『사랑은 이제 막 태어난 것이니』). 섬이 바다의 전령이 되어 부둣가 계단으로 '들물'을 실어 나르는 '조간대'의 연금술이 피어나는 것도 같은 맥락이다. 그러나 시인은 바다에 대한 자신의 앎이 얼마나 작은지 안다. 섬이 조간대에 들물로 발견되는 그 순간이 오히려 바다에 대한 앎이 새롭게 시작되어야 하는 때다("그때 나는 바다를 알고 싶었다"). 그렇게 해서 이제 '겪어온 삶'이 '겪어보지 못한 삶'과 만나고, '겪지 못할 삶'과 섞이는 것은 장석 시가 꿈꾸는 가능성의 최대치가 된다. 마치 '전주곡-소묘'로서의 모든 시의 지향이 그러한 것처럼 말이다. 여기서 바닷물에 잠기기도 하고 공기에 그대로 노출되기도 하는 '조간대'의 생태가 그곳의 생물에게는 더없이 가혹한 환경이라는 사실은 장석 시가 관념을 경계하며 스스로에게 부과하는 세상의 조건이기도 할 것이다.

'조간대'의 섞임이 가혹한 생태의 조건을 포함하고 있는 것처럼 장석 시에서 바다는 동일성과 이타성(異他性) 사이의 경계를 쉽게 허물지 않는다. 음악당의 노래와 밤바다 파도의 노래 사이에는 "문을 밀고 들어갈 수는 없"(「열여덟 개의 전주곡 3—밤 공연」)는 뚜렷한 경계가 있다. 노래가 문밖으로 나서려면 "모든 불을 끄"는 '어둠'의 시간이 필요하다. 가장자리까지 가서 거기서 버티는 정확한 시와 삶의 실행만이 그 너머를 향한 시선을 가능하게 한다. 있다면, 길은 이렇게 있으리라.

길을 알려주마

포구 앞 작은 섬을 지나서
바위 이마 위 진달래 지천인 섬의 뒤로 돌아가면
물건 곧추세운 주책바가지 나무들 서 있는 벼랑 아래
그곳

—「열여덟 개의 전주곡 7—봄 바다」, 1, 2연

저 '주책바가지' 나무는 욕망을 떨치지 못하는 '나'인가 '너'인가. 아마도 바다와 섬이 이루는 무심하고 가혹한 경계의 풍경일 뿐일 것이다. 늙은 해송은 해

풍과 벼랑의 조건을 따라 자신의 몸을 뒤틀며 뻗고 있다. 그런데 꽃가루가 바다를 향할 수밖에 없다면 그게 어떻게 길이 되는가. 시는 이렇게 끝나고 있다.

들끓는 봄
연둣빛 전성기

씨를 또 보려는 생각은 없소
송홧가루로 바다에 봄 그림 하나 그리려 할 뿐

높다란 벼랑 위
붓을 쥐고 팔을 벌린 나이 든 해송

"들끓는 봄/연둣빛 전성기"는 바다와 벼랑의 풍경으로서 시의 질문이 생겨나는 곳이기도 하지만 그 질문을 바꾸고 옮기는 곳이기도 하다. 그리고는 해송이 침묵 속에 보여주는 체념과 도로(徒勞)의 역설. 이것이 길인가, 우리는 다시 한번 묻게 되지만 이제 조급함은 가신다. 자연의 무관심은 시의 언어로 손쉽게 의미화될 수 없다. 그러나 어떤 가장자리에 이르면 바다와 섬, 벼랑의 나무가 이루는 풍경이 무심한 '봄 그림 하나'를 건네줄 수는 있을 것이다. 경계는 시의 주체와 대상 사이에도 있고, 의미와 풍경 사이에도 있다. 그 긴장 안에 장석 시가 찾는 길이 있을 것이다. 저 벼랑 어딘가, 늙은 해송이 이루는 풍경 한쪽에 말이다.

그러나 고착되어 있는 경계는 없다. 당겨오고 밀어내면서 경계는 움직인다. 그렇지 않다면 경계는 또 하나의 관념일 뿐이다. 해송의 송홧가루는 바다로도 날아가지만 섬으로도 되돌아올 것이다. 바람과 파도가 깎고 허무는 벼랑은 경계이되, 움직이는 경계다. 자연을 서정으로 부풀리거나 성급하게 의미화하는 일과 경계의 움직임에 시가 참여하는 일은 다르다. 가령, 경계의 이런 '흐물흐물함'은 얼마나 진실되고 아름다운가.

시인이 동상이 되어
우체국이나 버스 정류장 옆을 골목대장처럼 지키고 있고

쟈들 성포 것들 아이가
견유수협 위판장 앞 빈 배에 앉은 괭이갈매기

새벽 바다에 피는 꽃

해물이 흐물흐물하구나

상에 올려진 지 오래되어 쇠한 봄

—「열여덟 개의 전주곡 14—봄날은 간다」, 전문

시인의 동상은 영원으로의 고양을 꿈꾸지만, 먼지 같은 세속의 시간에서는 종종 잊히고 무시되는 골목대장에 지나지 않는다. 성포의 괭이갈매기가 깜빡하고 견유수협 공판장 빈 배에 앉아 있는 것처럼, 경계는 뚜렷하기도 하고 흐리기도 하다. 밥상에 올려졌다가 잠시 잊혀버린 해물처럼 문득 봄은 흐물흐물해지고 '쇠(衰)'한다("들끓는 봄/연둣빛 전성기"를 우리는 기억한다). "새벽 바다에 피는 꽃"은 혹 이 깜빡깜빡하는 망각의 시간을 포함하는 이야기가 아닐까. "창룡호는 동호항을 매일 드나"들지만 "둔덕호"는 "이제는 소식이 감감 끊겼"다고 시인은 노래한다(「열여덟 개의 전주곡 8—바다의 되풀이」). 외진 부두의 한쪽에서 들르지 못한 섬의 기억을 간직한 채 잊혀가는 늙은 배의 처지를 뜨겁게 노래하는 시도 있다.

심장에 불을 켜고 밧줄을 풀면 그곳으로 가

꽃을 태우고

그 섬도 태울 수 있을 터인데

—「열여덟 개의 전주곡 17—아주 낡은 배」, 부분

그러나 "세우고 무너뜨리는" 이런 일들이 "길게 이어지는 되풀이임을"(「열여덟 개의 전주곡 8」) 바다의 시간은 보여준다. "바다에서 시들어버리는 물결은 없으니/썰물처럼 빠지다가도 밀물처럼 희망하네"(「열여덟 개의 전주곡 8」)에서 '희망'은 망각을 이기는 것이 아니라 망각에 참여하는 것이 된다. 그것은 경계에서, 경계의 안팎을 살고자 하는 '양서류의 노래'이기도 하다.

세상의 땅끝을

우리를 둘러싼 바다의 가장자리를

두 세계의 둘레가 만나 이루는 길을

이 발 저 발 디디며

양서류처럼 걸어간다

—「열여덟 개의 전주곡 12—양서류의 노래」

시인은 이어서 "길은 기스락에서 끝나고/노래가 다하면/바늘은 어디로 가야 하나" 하고 노래한다. 길이 끊어진 마지막 풍경 앞에서 노래도 끝나야 한다. 양서류는 특권의 수혜가 아니라 궁지를 자처하는 일이다. 시의 마지막은 이렇다. "되돌아가야 하는 것일까/찢어지는 노래를 외치며" 답을 알 수 없는 대로, 이 탄식은 시의 정직함일 것이다. 그러나 시인이 양서류의 운명을 걸어가다 맞닥뜨린 자리, '기스락'(기슭의 가장자리)이라고 부른 그곳은 한국어 단어의 전체적인 느낌에서 고요와 함께 어떤 작은 움직임의 일어남을 무심결에 말해주는 것 같기도 하다. 거기서 길은 끝나지만, '기스락'에서는 '바스락 바스락' 무언가가 부서지고 뒤척이면서 일어나고 있을 것도 같다. '찢어지는' 노래가 아닌 '조용한' 노래가 이미. '전주곡-소묘'의 노래들은 그 기스락의 미미하고 부서지며 일어나는 순간을 살고자 한다.

2

"바닷물은 세속의 수의이자 마지막 통로다. 그 통로를 넘어서면, 지식은 통하지 않고 수많은 질문에도 대답할 수 없게 된다."(클라우디오 마그리스, 『다뉴브』, 이승수 옮김, 문학동네, 2015, 512쪽) 승리와 패배가 뒤섞인 숱한 민족의 역사, 장구한 세속의 시간을 품고 있는 다뉴브강의 기나긴 이야기가 끝나고 무한과 미지의 검은 바다가 시작되는 풍경 앞에 선 한 유럽 작가의 진술이다. 인간의 역사와 함께한 강과 그 너머 바다의 시적 대비가 뚜렷하다. 그러나 장석 시에서라면 우리는 바다가 너머의 닿을 수 없는 미지라기보다는 세속의 시간을 품고 적시는 기스락의 이야기 쪽으로 좀 더 당겨져 있다는 느낌을 받는다. 적어도 장석 시에서 바다는 마그리스의 시적 레토릭을 얼마간 받아들인다 하더라도 '세속의 수의이자 마지막 통로'는 아닌 것 같다. "내 노래는 묵비하는 빈 병이 되어/밤바다 시퍼런 숲 위를 헤엄쳐 가라"(「열여덟 개의 전주곡 6—빈 병에 넣은 노래」)라고 할 때도 끝내 그 '묵비(默祕)의 노래'가 돌아오는 곳은 "바닷가 몽돌 틈"이다. 물론 이는 바다의 무한과 초월에 대한 경외를 '침묵'에 부치는 장석 시의 겸허함이기도 할 것이다.

'목탄 소묘집' 연작은 나그네로 중부 유럽 다뉴브 강을 따라간 짧은 여정의 노래다. 흐르고 흐르며 사라지는 강의 흐름은 기슭 마을 삶의 풍경들과 함께 끝내 바다에 닿을 테지만, '전주곡'의 땅끝, 바닷가 가장자리에서 떠나온 시인의 시선은 이곳에서 무엇을 보고 있는 것일까. 강은 바다로 흘러가지만, 그것은 혹 자신의 원천을 향해 거슬러 올라가는 일은 아닐까. 장석 시에서 바다가 끊임없이 자신이 서 있는 곳을 일깨우고 있는 것처럼, 낯선 이방의 강을 따라 가며 장석 시는 또 다른 자신의 얼굴을 찾아 헤매고 있는지도 모른다.

> 흐르는 것들에도 거미줄이 엉키는구나
> 저 상류와 하류가 있었던 쪽을 바라본다
>
> 아파트들의 발목 아래 누워
> 이제 흐르는 일을 잊은 여울에게
> 아름다운 하류에게
>
> 나는 이른바 무엇을 챙겨주어야 하는가
>
> —「강의 백일몽」(『우리 별의 봄』), 부분

개천의 실개울을 바라보며 씌어진 이 시는 흐르는 일을 잊게 된(아마도 아파트 탓일 테다) 여울을 근심하는 듯하지만, 실은 망각의 주어를 시인 자신에게 돌리고 있기도 하다. '목탄 소묘집'은 그 망각을 두드리며 강과 함께 흘러가고, 강을 따라 거슬러 올라가고자 하는 것 같다.

그 강에 기이한 풍경의 배 한 척이 정박해 있다. "북해로 가지 못하고/내륙의 지천에 얹힌 배"(「목탄 소묘집 2-6—내시경」). 시인은 배를 향해 묻는다. "어떤 착각으로/침로를 도시의 내장 안으로 잡았던 것인가". 시의 마지막 세 연은 이렇게 이어진다.

모른다
아무것도 더 이상 태우고 싶지 않아서
부러 하수의 종말 쪽으로 숨어들었는지

어디엔가 둔 배표를 찾아내어
뱃전의 현문을 열고 나는 승선할 수 있는지

강에서 죽은 자만이 탈 수 있소
열리지 않는 문은 말할까

북해로 가지 못하고 지천에 얹혀 있는 이 배의 사연은 무엇일까. 강의 환영(幻影)처럼 보이기도 하는 배는 죽은 자들에 대한 기억을 가지고 있는 것일까. 어떻든 배의 현문(舷門)은 시인에게 닫혀 있는 듯하다. 당연하지만 강물도 '바닷물'처럼 누군가에게는 '세속의 수의이자 마지막 통로'이기도 할 것이다. '강에서 죽은 자'만이 탈 수 있는 배는 이곳에 잠긴 슬픔의 역사를 담고 있는지도 모른다. "열리지 않는 문"

은 순탄한 슬픔의 공명을 가로막으면서 죽음의 낯섦과 강의 낯섦 모두를 시의 진실로 되돌려주는 것 같다(지금은 찾지 못하지만 배표는 어디엔가 있다). 시인이 "이 도시도 내 고향과 같은 시간의 그물에 있나"(「목탄 소묘집 2-3—꽃의 입 냄새, 베를린」)라고 묻고 확인하면서도 "눈먼 이처럼 나는 강을 따라가네"(「목탄 소묘집 2-10—홍수 후, 크렘스」)라고 쓸 수밖에 없는 것도 비슷한 이유일 것이다. '나그네'의 이러한 정직한 물러섬이 있었기에(생각해보면 '나그네'의 자리는 시인이 늘 서 있고자 하는 바닷가 기스락의 지향을 품고 있기도 하다), 중부 유럽의 한 작가가 쓸쓸한 죽음을 맞았던 요양원의 방을 '소묘'하는 짧지만 담대한 진실의 시적 울림이 가능했으리라.

> 우리 별은
> 모두가 머물다 죽는 아주 작은 방
> —「목탄 소묘집 1-15—카프카가 떠난 방, 키얼링」,
> 전문

"뭘 보았는지 벽돌로 막혀버린 창문의 흔적"과 "절대로 길 잃지 않으려는 이/한 번도 떠내려가지도 흘러가지도 못한 그대"(「목탄 소묘집 2-8—부다페스트에서 길을 잃는 방법」)의 마주 섬이 '목탄 소묘집'의 곳곳에서 흘러가는 강을 옆에 두고 시의 긴장을 만들어내고 있다.

시인은 "강의 수원을 보러 가네/우리 얼굴의 근원 가운데 한 곳을 찾아서"(「목탄 소묘집 1-3—우리 근원의 하나, 도나우에싱겐」)라고 노래하는데, 시인도 혹 다뉴브강의 수원을 둘러싼 재미난 논쟁에 대해 들었을까. 그러나 누구도 절대적으로 순수한 수원을 확정할 수 없으며 수원이라 이름 붙인 곳의 물도 어디선가 흘러와 섞인 것이다. 시인이 "근원 가운데 한 곳"이라고 한 것도 그래서일 테다. 강이 어디서 왔는지는 아무도 모른다. "그러나 어디로 가며 어떻게 끝날지는 안다."(『다뉴브』, 166쪽) 자신의 얼굴이 시작된 곳을 향한 그리움은 '나그네'의 것이며, '영도 남항'에서부터 '순천만의 가지색 바다'를 거쳐 '통영 항구의 조간대'에 이르기까지 시인을 떠난 적이 없는지도 모른다. 그러나 순수한 처음은 흘러온 시간과 뒤섞인 채로만, 늘 다시 시작되는 현재로만, 그리움과 부재, 상상의 형식으로만 회귀한다. 시인은 그 사실을 수원을 보러 간 이국의 여정, 낯선 한 끼의 식사에서 돌연 확인한다.

상상의 배를 타고 나는 상류로 거슬러 왔네
빵을 적셔 먹는 이 낯선 국물이
이제 내 피가 발원하는 샘인가 생각하며

—「목탄 소묘집 1-3」, 마지막 연

파사우에서는 "물빛이 사뭇 다른 두 개의 강이/서로를 섞고 있는 것을 보았다"(「목탄 소묘집 1-5—물의 혼례, 파사우」)라고 쓴다. 이곳에서는 작은 일츠강과 큰 인강이 만나 다뉴브강으로 흘러간다고 한다. 시인은 그 풍경 앞에서 "문경새재 넘기 전 낙동강과 내성천과 금천/삼강 나루에 모이는 세 줄기의 물 빛깔을 기억해"본다. 새롭게 만난 원천으로서 '빵을 적셔 먹는 낯선 국물'은 이제 이렇게 노래된다.

내 눈물도 두 발원지와 줄기가 있구나
몸빛도 수온도 유속도 별다를 바 없이
어딘가에서 만나 네게 닿는
그냥 슬픔과 기쁨의 강

—「목탄 소묘집 1-5」, 마지막 연

여기서 '네게 닿는'의 '너'는 이른바 '복수의 나'이며 '알 수 없는 너'이기도 할 것이다. 정체성을 찾는 일, 이름 붙이는 일의 조급함에서 조금 자유로워지는 것은 바로 이러한 순간이 아닐까.

'전주곡' 연작이 보여주고 있는 것처럼 장석 시에서 '바다'는 무한과 미지, 절대와 숭고의 추상적 공간이 아니다. 바다는 장석 시에 끊임없이 경계의 의식을 불러일으키는 곳이며, 거기서 장석 시는 '조간대'의 삶이 다가오고 멀어지는 것을 지켜보고 살아낸다. 장석 시의 바다는 흐르고 섞이는 강의 이야기, 삶의 이야기를 잊은 적이 없다. 마찬가지로 강은 장석 시에서 아직 오지 않은 시간 속으로 흘러가면서 동시에 원천을 향해 거슬러 올라가고 있는 듯하다. 여기서도 원천은 절대화되지 않고, '빵을 적셔 먹는 낯선 국물' 혹은 '어딘가에서 만나 네게 닿는 두 발 원지'의 방식으로 이질성을 품어 안는다. 강을 끼고 있는 낯선 도시, 새벽 골목에서 만난 주홍색 옷을 입은 '해-청소부'의 현현은 그 흐르고 흐르는 뒤섞임의 풍경을 너무도 아름답게 함축한다.

주홍색 청소부처럼 골목을 들어서는 해

협곡의 돌다리 아래를 지나온 강

모르는 글자로 서 있는 역에서 내려
아직은 모르는 도시의 혈관 안으로 들어가네
어느 문을 열어야 너를 만나나

나도 흐르기 시작했을 때
객차의 바닥은 까마득히 높아
내 삶의 조그만 짐을 들고 힘들게 올랐네

하룻밤 좁은 숙소로 강이 흘러오면
나는 이곳의 글과 말을 배우고

커다란 옷을 입고 노을로 퇴근하는 청소부처럼
또 다른 아침으로 걸어가겠네

—「목탄 소묘집 1-6—새벽 골목, 빈」, 전문

주홍색 옷을 입은 청소부가 먼저였을까. 아니면 여명의 해가 주홍색 옷을 입은 청소부처럼 낯선 도시의 골목에 먼저 도착해 있었을까. 혹은 함께였을까. 알 수 없는 대로, 해에게 혹은 청소부에게 서로를 내어주는 새벽의 전환과 생성은 아름답다. 그러면서 그 새벽은 (저녁의) 노을을 품은 채 또 다른 아침으로 걸어가는 시간을 예비한다. 시의 은총은 이러한 풍경의 기적을 일컫는 것일까. 그 풍경 사이로 '모르는 글자'의 역에서 내려 '모르는 도시'의 현관 안으로 들어가는 일, 내가 흐르고, 강이 '내 좁은 숙소'로 흘러오는 일이 자리 잡고 있다. 우리는 그렇게 잠시 소망할 수 있으리라. 저녁의 나라에서 아침을 맞고 다시 태어나는 일을. 여기서 "협곡의 돌다리 아래를 지나온" 강은 흐르면서 거슬러 오르고 있다. "강 밖으로 흐르기 시작하는 강을 보며//나도 세상의 여러 줄기 강 밖의 강으로 건네"(「목탄 소묘집 1-9—바하우 포도밭」)라고 노래하는 것도 그 때문이리라. 그것은 "나와 다른 것들과 몸을 비비며" 가는 일, "서로 비비는 마찰력"(「목탄 소묘집 1-20—출필고 반필면」)으로 움직이는 세상의 일이다.

강의 흐름을 따라가며 시인은 아직 세상의 많은 일이 일어나기 전이었던 시간으로 돌아간다. 주홍빛 새벽의 시간이 거기 있다. "사탕은 주지 못했지만/버려진 은박지에 아이 모습을 새기고/심장과 사랑을 싸서 주려고 했던 사람/입으로 연기를 늘 뿜던 가난한 아버지"(「목탄 소묘집 1-14—잘츠부르크의 과자 가게」)가 있는 곳. 그렇게 꿈꾸듯 돌아가는 것은 긴 여로에 지친 나그네의 몫이기도 하다. "길이 길어지니 꿈길이 되네/출렁출렁 물길이 되네"(「목탄 소묘집 1-18—여행자의 꿈, 잘츠부르크」). 꿈길의 강은 바다로 이어지고 섬을 돌아 선착장에 닿은 배는 시인을 "거제도 장승포"의 어느 식당으로 인도한다. "안쪽 식탁에는 내 벗/수염 허연 노인과 술잔을 나누고 있네". 시인의 꿈길이 시작되는 유럽 도시의 광장에는 바닥에 커다란 체스판을 그려놓고 묘비를 말〔馬〕로 쓰는 기이한 놀이가 꿈처럼 벌어지고 있다.

묘비도 없는 나
아버지와 그의 것을 내 말로 삼아 끼어들었네
두 묘비명은 내가 썼다네

시인의 꿈길은 지금 죽음 저쪽의 경계를 넘어가고 있다. 시의 마지막 세 연을 옮긴다.

나는 꿈으로 몸을 피해
폭포와 함께 쏟아져 내리고
비탈을 구르듯 달려
어디론가 떠나는 배를 탔다네
죽음이 기다린다 해도 기꺼이
늘 내가 가장 가고 싶은 곳

거제도 장승포 수협 공판장 앞 중국집 천화원
두 사람과 함께하는 식탁에 나는 앉네
이쪽저쪽 꿈에서 멀리 온 우리는
출렁출렁 잔을 부딪네

이것이 나의 여행이고 나의 꿈이네

꿈길을 따라, 시인이 "꿈으로 몸을 피해" 돌아간 곳에서 "이쪽저쪽 꿈에서 멀리 온 우리"가 만난다. 바닷가 기스락의 경계가 품고 있는 이야기, 흐르고 흐르며 거슬러 오르는 강의 이야기, 삶과 꿈의 경계는 이렇게 아주 잠깐 낯선 도시의 광장에서 뒤섞이고 '흐물흐물'해진다. 그렇다면 세 사람이 만나는 식탁은 이미 저 강물 너머로 흘러가버린 시간의 풍경일까, 미지의 수원 언저리에서 새로 태어나길 기다리는 아직 존재하지 않는 시간의 풍경일까. 장석 시인의 『목탄 소묘집』은 다시는 되풀이되지 않을 어느 새벽의 빛과 끊임없이 회귀하는 꿈길 사이, 그 긴 이별의 시간을 살면서 언제나 미완이며, 중단될 수밖에 없는 전주곡의 운명을 겸허하게 껴안고 있는 것 같다.

시인의 말

오늘은 모두가 여행가다.

어제까지는 대부분 상상의 여행가였다.

삶의 땅에 깊이 박힌 말뚝에 매여 있어, 몇 세대 전에 복숭아꽃 핀 계곡을 따라 마을로 들어온 먼 곳의 이야기를 되살리는 것이 우리 여행의 거의 전부였다.

오늘은 모두가 사진가다.

사진기가 발명된 후 찍는 자와 피사체가 동일해진 일은 눈여겨볼 만하다. 그렇지만 그 렌즈가 자신의 내면을 향하고 있지는 않은 듯하다.

다뉴브강은 독일의 '검은 숲' 지역에서 발원해 흑해로 흘러 들어간다. 중부 유럽의 여러 지역과 민족

그리고 언어를 가로지르며 역사와 문화를 만들어간 이 강에 마음이 끌려 작년과 올해 두 번에 걸쳐 여행을 했다. 그리고 내 삶의 터전인 남해의 작은 어항 도시에 있는 해변이 내려다보이는 아침 산책길. 멀고 가까운 두 길에서 얻은 시로 이번 시집을 엮게 되었다.

자연 가운데 바다와 강이라는 물의 연대에 깊이 참여하게 됨은 우리가 그곳에서 비롯되었기 때문이리라. 인간의 개입과 조작이 지나치게 큰 것을 보며 우려를 하지 않을 수 없다.

옛적부터 탐진치로 말미암아 지은 죄업을 참회하라고 불가에서는 권면한다. 몸과 생각으로 지은 바는 흩고 감출 수도 있겠으나, 이처럼 말로 지은 것은 어찌하나.

그러면서도 앞으로 쓸 시가 조금이라도 나은 것이 된다면 뉘우침이 될 수 있으리라고 제멋대로 어리석은 생각을 계속하네.

2024년 추석 지나고
장석

목탄 소묘집

1판 1쇄 발행 | 2024년 10월 18일

지은이 | 장석
펴낸이 | 정홍수
편집 | 김현숙 이명주
펴낸곳 | (주)도서출판 강
출판등록 | 2000년 8월 9일(제2000-185호)

주소 | 서울시 마포구 동교로17안길 21(우 04002)
전화 | 02-325-9566
팩시밀리 | 02-325-8486
전자우편 | gangpub@hanmail.net

값 14,000원
ISBN 978-89-8218-350-8 03810